AF336983

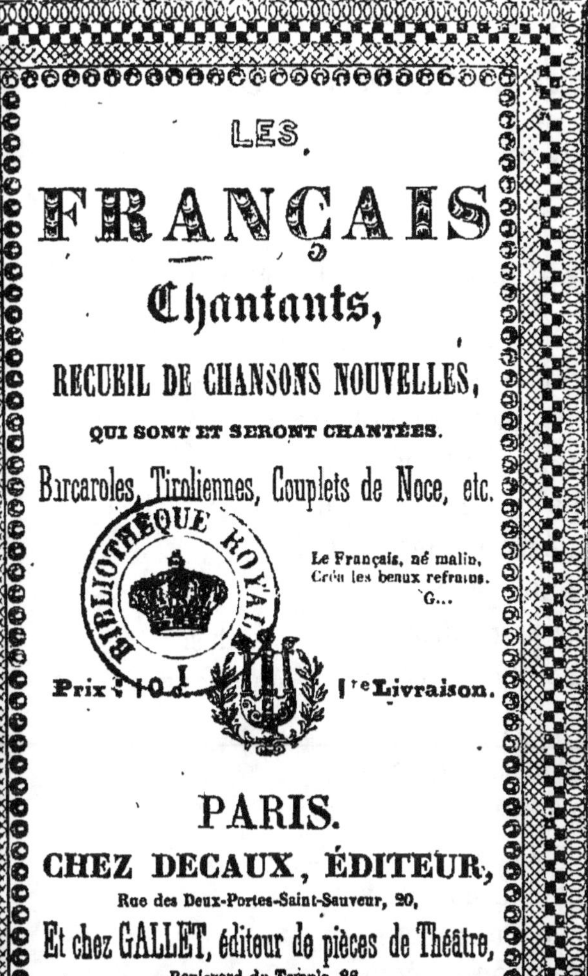

1844

Ma Jeannette.

--

AIR : ELLE AIME A RIRE, ELLE AIME A BOIRE.

Vous ne connaissez pas Jeannette,
Ma Jeannette, mon vrai bras droit ?
La plus luronne de l'endroit,
La plus jolie et la mieux faite ?
Ma Jeannette n'est point un loup,
Riante et d'une gaîté folle !
Amateur de la gaudriole,   } bis,
Amoureuse d'un petit coup !   } en chœur.

Chagrins, soucis, mélancolie,
N'ont jamais attristé ses jours ;
Les joyeux plaisirs, les amours,
Occupent et charment sa vie.
Sentirait-elle tout-a-coup,
Du noir ternir son auréole ;
Elle entonne une gaudriole   } bis.
Et s'humecte d'un petit coup !   }

Imp. de J. B. GROS, rue du Pont S. J. 18.

Jeannette, belle, mais peu fière ,
A , comme on dit : cœur, sur la main ;
Elle aime tout le genre humain ,
Le voir souffrir la désespère !
Pour lui, certe, elle fait beaucoup,
Pour lui ma Jeannette s'immole.
Pour tous vite une gaudriole ,   } bis.
Avec tous vite un petit coup.   }

Si devant elle politique
Parfois j'essayais de jaser ,
Je la vois bientôt grimacer
Aux mots de roi , de république.
— Tais-toi donc , mauvais cantaloup
Me dit-elle : sur ma parole ,
J'aime bien mieux ma gaudriole   } .bis.
Et savourer mon petit coup !   }

Qu'il pleuve, qu'il vente, qu'il tonne ,
Qu'il neige, grêle, et cætera ,
Jeannette, calme, me dira ,
D'un sang-froid qui toujours m'étonne :
— Laissons tonner, mon petit loup ;
Avec ton amour et ta fiole ,
Ne pensons qu'à la gaudriole   } bis.
Et ne songeons qu'au petit coup ! }

Tiens, vois-tu, mon petit Francisque,
Près de moi quand la mort viendra,
Ta Jeannette l'accueillera
Riante et non d'un ton qui bisque.
A la camarade, je dis :.... houp !
Vieille !... approche ta carriole ; ....
Mais avant, une gaudriole   } bis,
Et le dernier bon petit coup !   } en chœur.

GAY DE LA COUR.

LE

Gamin du faubourg.

—

Couplets chantés par MM. Tétard et Jouanne, au
théâtre Beaumarchais.

AIR : DES VENDANGES DE SOLOGNE.

FRANÇOIS.

Quel plaisir quand, dès le matin,
Tu flânais comme un vrai gamin

Sur les plac's et sur les boul'vards,
Faisant des farces aux jobards.

JACQUES.

Je me souviens qu'ingambes,
Nous ne nous gênions pas
Pour courir à tout's jambes

FRANÇOIS.

Avec un' têt' su' l'bras.
Je m'souviens à merveille
Qu' t'as cassé sans façon
Bacchus, l'dieu d'la bouteille,
En jouant au bouchon.

ENSEMBLE.

Quel plaisir, etc.

FRANÇOIS.

Tu t'souviens, c'est probable,
Qu'aux Funambul's jadis
Tu criais comme un diable
Au sein du paradis.

JACQUES.

Je payais vingt centimes.

FRANÇOIS.

Faisant incognito
Au milieu d'tes décimes
Passer un monaco.

Ensemble.

Quel plaisir, etc.

JACQUES.

Nous désertions la ville
Presque tous les lundis.

FRANÇOIS.

Dans le bois d' Romainville
Que d'lilas t'as cueillis !
J' t'admirais à la danse
Quand, ferm' sur l'entrechat,
Dans une contredanse
Tu t'nais la queue du chat.

Ensemble.

Quel plaisir, etc.

AUG. JOUHAUD.

Couplets

Chantés dans la pièce du *Château de Vincennes*,
au théâtre des Folies-Dramatiques.

—

AIR. MISELY. (HENRI DE KOCK.)

O Kretly ! ma belle,
Sois donc moins cruelle,
Je suis ton époux :
Ce nom est bien doux ;
Comme tel, ma chère,
Je devrais te plaire,
Et je puis aussi
Reprendre... ceci...
Cette main jolie
Je veux, mon amie,
   La presser,
   La caresser.

C'est une chose terrible !
Elle est insensible,
Je vois bien, hélas !
Qu'elle ne comprend pas.

Ecoutez, madame,
Ecoutez, ma femme.
Je suis très-jaloux
De régner sur vous ;
Vous avez beau dire,
Vous avez beau rire,
Je puis bien, je crois,
Jouir de mes droits.
Soyez moins farouche,
Que ma voix vous touche :
Je veux un baiser,
Je veux tout oser.

(Extrait du Répertoire parisien.)

La Vivandière.

Musique de M. Giovani (Chez Meissonnier jeune,
rue Dauphine).

Fill' de militaire,
J'sommes vivandière,
Je n'manquons pas d'cœur,
D'courag' ni d'honneur.

J'm'appelle Victoire :
C'qui fait qu'vous d'vez croire
Qu'j'étais née exprès
Pour servir les Français !

J'ons vu la bataille,
L'canon, la mitraille,
J'quittions pas les rangs,
D'tous nos bons enfants.
J'leur versais à boire :
Toujours la Victoire
T'nait pleins ses gob'lets
Pour les soldats français !

Quand par deux cent mille
D's enn'mis à la file
S'vantaient d'ravager
Nos héros, d'les manger,
Ils s'en f'saient accroire,
La belle Victoire
Versait des succès
A tous les brav's Français !

Quand après la guerre
La paix v'nait à s'faire,
Mon bon ratafia
Etait à quia.

Mais tout' ma voiture
Etait, j'vous le jure,
Plein d'lauriers ben frais,
Cueillis par nos Français !

D'puis queuqu' temps en r'traite,
J'vis en **ACHORÈTE** ;
Mais s'il le fallait,
Comme on reviendrait !
Je m'souviens d'ma gloire !
Toujours la Victoire
A ses bagag's prêts   } bis.
Pour suivre les Français. }

GAY DE LA TOUR.

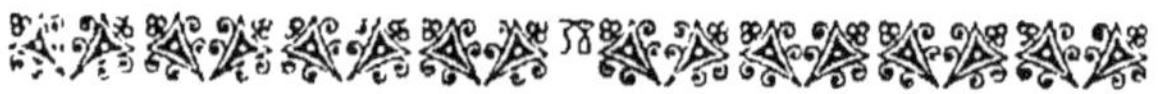

Couplets

Chantés dans la pièce un *Tribunal de Femmes*,
au théâtre des Folies-Dramatiques.

—

AIR : RONDE DE SOLOGNE.

Dans ma place
Restons donc.

Et n'faisons point la grimace :
Allais, marchais, allais donc,
Le métier est assez bon.

Sans être un sournois,
J'ai mes p'tit's rubriques,
Et c'est mes bourgeois,
Qu'est mes domestiques.
Dans ma place, etc.

Outre les profits,
Que parfois j'empoche,
Ici j'marondis
Comme un m'lon sous cloche.
Dans ma place. etc.

AIR : Il faut avoir perdu l'esprit.

Oui, tous les torts viennent de moi...
Au lieu d'être douce, indulgente...
Souvent je fus trop exigeante
Et vous fis détester ma loi...
J'en conviens, je suis sans excuse,
Je n'étais pas digne de toi...
Oui, ma conscience m'accuse,
Oui, tous les torts viennent de moi.

MÊME AIR.

Non ! tous les torts viennent de moi !
J'étais taquin, j'étais colère…
Mais à présent l'amour m'éclaire,
Il veut me rapprocher de toi.
Ah ! pardonne, chère Clarisse,
Car à tes pieds, de bonne foi,
Je reconnais mon injustice…
Et tous les torts viennent de moi !

(Extrait du Répertoire parisien.)

Le petit Chat de Lise.

—

Je ne puis rien nommer si ce n'est par son nom :
J'appelle un chat, un chat…
(Boileau, Satire Ire.)

—

AIR : Un soir après mainte folie.

Ma Lise est la maman des bêtes,
Chez elle on voit chiens, perroquets,
Coqs de bruyère à rouges crêtes,
Singes, serins et sansonnets.

Mais de cette ménagerie
Dont Lise fait grand apparat,
De ses bêtes la plus jolie,
Oui, la bête la plus jolie,
Ma Lise, c'est ton petit chat !
Qu'il est joli, ton petit chat !

Ton minet, nous devons le dire
Est le phénix de nos minets !
On dirait qu'il va nous sourire
Lorsqu'on le regarde de près.
Il a beau garder le silence,
Il vaut le meilleur avocat :
Sans parole, quelle éloquence !
Sans parler, qu'il a d'éloquence !
Ma Lise, ton beau petit chat !
Qu'il est savant, ton petit chat !

Ajoutons que dame nature
Lui fut prodigue de ses dons ;
Quelle belle et fine fourrure !
C'est la plus douce des toisons.
Sa couleur efface l'ébène,
Du vrai tibet elle a l'éclat.
Aussi chacun dira sans peine,
Oui, certe, on te dira sans peine :
Ah ! qu'il est beau, ton petit chat !
Ah ! Lise, le beau petit chat !

La suite au prochain numéro.